不見而見

施傑原 著

「形而上者謂之道，形而下者謂之器。」

——〈繫辭〉

【總序】

台灣詩學吹鼓吹詩人叢書出版緣起

蘇紹連

「台灣詩學季刊雜誌社」創辦於一九九二年十二月六日，這是台灣詩壇上一個歷史性的日子，這個日子開啟了台灣詩學時代的來臨。《台灣詩學季刊》在前後任社長向明和李瑞騰的帶領下，經歷了兩位主編白靈、蕭蕭，至二〇〇二年改版為《台灣詩學學刊》，由鄭慧如主編，以學術論文為主，附刊詩作。二〇〇三年六月十一日設立「吹鼓吹詩論壇」網站，從此，一個大型的詩論壇終於在台灣誕生了。二〇〇五年九月增加《台灣詩學・吹鼓吹詩論壇》刊物，由蘇紹連主編。《台灣詩學》以雙刊物形態創詩壇之舉，同時出版學術面的評論詩學，及以詩創作為主的刊物。

「吹鼓吹詩論壇」網站定位為新世代新勢力的網路詩社群，並以「詩腸鼓吹，吹響詩號，鼓動詩潮」十二字為論壇主旨，典出自於唐朝．馮贄《雲仙雜記．二、俗耳針砭，詩腸鼓吹》：「戴顒春日攜雙柑斗酒，人問何之，曰：『往聽黃鸝聲，此俗耳針砭，詩腸鼓吹，汝知之乎？』」因黃鸝之聲悅耳動聽，可以發人清思，激發詩興，詩興的激發必須砭去俗思，代以雅興。論壇的名稱「吹鼓吹」三字響亮，而且論壇主旨旗幟鮮明，立即驚動了網路詩界。

「吹鼓吹詩論壇」網站在台灣網路執詩界牛耳是不爭的事實，詩的創作者或讀者們競相加入論壇為會員，除於論壇發表詩作、賞評回覆外，更有擔任版主者參與論壇版務的工作，一起推動論壇的輪子，繼續邁向更為寬廣的網路詩創作及交流場域。在這之中，有許多潛質優異的詩人逐漸浮現出來，他們的詩作散發耀眼的光芒，深受詩壇前輩們的矚目，諸如鯨向海、楊佳嫻、林德俊、陳思嫻、李長青、羅浩原、然靈、阿米、陳牧宏、羅毓嘉、林禹瑄……等人，都曾是「吹鼓吹詩論壇」的版主，他們現今已是能獨當一面的新世代頂尖詩人。

「吹鼓吹詩論壇」網站除了提供像是詩壇的「星光大道」或「超級偶像」發表平台，讓許多新人展現詩藝外，還把優秀詩作集結為「年度論壇詩選」於平面媒體刊登，以此留下珍貴的網路詩歷史資料。二〇〇九年起，更進一步訂立「台灣詩學吹鼓吹詩人叢書」方案，鼓勵在「吹鼓吹詩論壇」創作優異的詩人，出版其個人詩集，期與「台灣詩學」的宗旨「挖深織廣，詩寫台灣經驗；剖情析采，論說現代詩學」站在同一高度，留下創作的成果。此一方案幸得「秀威資訊科技有限公司」應允，而得以實現。今後，「台灣詩學季刊雜誌社」將戮力於此項方案的進行，每半年甄選一至三位台灣最優秀的新世代詩人出版詩集，以細水長流的方式，三年、五年，甚至十年之後，這套「詩人叢書」累計無數本詩集，將是台灣詩壇在二十一世紀中一套堅強而整齊的詩人叢書，也將見證台灣詩史上這段期間新世代詩人的成長及詩風的建立。

若此，我們的詩壇必然能夠再創現代詩的盛唐時代！讓我們殷切期待吧。

二〇一四年一月修訂

【主編序】我們一路吹鼓吹

李桂媚

一九九二年創立的台灣詩學季刊雜誌社，以「論說現代詩學」及「詩寫台灣經驗」為核心，期盼建構屬於台灣的現代詩學，目前同步發行有學術研究刊物《台灣詩學學刊》，以及創作取向的《吹鼓吹詩論壇》。秉持「詩腸鼓吹．吹響詩號．鼓動詩潮」的精神，除了發行刊物，台灣詩學季刊雜誌社與吹鼓吹詩論壇更推出台灣詩學吹鼓吹詩人叢書，提供新秀出版的舞台，近年也積極舉辦大學院校詩學研究獎學金、台灣詩學創作獎、閱讀空氣徵詩、吹鼓吹詩雅集、詩演、詩展等各式活動，呈顯詩的多元化，拉近詩與讀者的距離，希望能把詩的薪火傳遞給更多人。

吹鼓吹詩人叢書，新秀的出發點！

活躍於網路的蘇紹連（米羅卡索），二〇〇三年設置「台灣詩學・吹鼓吹詩論壇」（網址http://www.taiwanpoetry.com/phpbb3/index.php），提供新詩創作者網路發表與交流平台。二〇〇五年九月開始推出紙本刊物《吹鼓吹詩論壇》，二〇〇九年進一步企劃「台灣詩學吹鼓吹詩人叢書」，幫詩壇新秀出版詩集，至二〇一九年底已出版四十三冊，不少詩人的第一本詩集都由此出發。

值得一提的是，「台灣詩學・吹鼓吹詩論壇」每則詩作發表都有版主與之互動，許多寫作新手在此學習、精進詩藝，日後也加入版主群行列，發揮教學相長的精神，分享寫作經驗給後進，「台灣詩學吹鼓吹詩人叢書」有多位作者都曾擔任（或現任）版主一職。除了「台灣詩學・吹鼓吹詩論壇」，台灣詩學季刊雜誌社與吹鼓吹詩論壇也在FB設立了「facebook詩論壇」（網址https://www.facebook.com/groups/supoem/），同樣吸引許多愛詩人發表作品，論壇舉辦競寫活動，參賽人次也屢創新高。

詩獎鼓勵新秀，「徵」的就是你！

二○○九年台灣詩學季刊雜誌社舉辦首屆「大學院校詩學研究獎學金」，徵求近兩年已完成的新詩主題學位論文，鼓勵青年學子投入現代詩研究。二○一○年進一步推出「台灣詩學創作獎——散文詩獎」，這場不限國籍、年齡的比賽，是台灣第一個散文詩獎，獲得詩壇諸多關注與迴響，總計有來自世界各地的三百多位作者報名。

如今「大學院校詩學研究獎學金」與「台灣詩學創作獎」已成為詩社兩年一度的盛事，二○一二年「第二屆台灣詩學創作獎」聚焦於「生態組詩」，鼓勵創作者關懷地球生態議題，用詩作來省思人與環境、文明與自然的關係；二○一四年「第三屆台灣詩學創作獎」號召創作者以三首「小詩」過招，運用精煉的文字與獨特的創意，帶給讀者驚喜；二○一六年邁入第四屆，則採取「不限主題」的形式，歡迎大家使出十八般武藝，拿出最好的作品，值得一提的是，參賽者年齡橫跨民國三十七年次到民國九十六年次，顯見詩友們不分年齡，對「台灣詩學創作獎」都寄予同樣的支持和關注；二〇一八年第五屆再次以散文詩為徵件對象，二〇二〇年第六屆賽事也在緊鑼密鼓籌備中。

此外，台灣詩學季刊雜誌社、吹鼓吹詩論壇自二〇一四年起，也與生原家電阿拉斯加無聲換氣設備、台中古典音樂台FM97.7合辦「閱讀空氣徵詩」活動，鼓勵大家結合文學、文化、生活及廣告等視角來書寫空氣，入選作品也在好家庭聯播網播出，透過廣播媒介，讓聽眾在空中與詩相會。

吹鼓吹詩雅集，邀你磨亮創作筆尖！

網路上的「台灣詩學．吹鼓吹詩論壇」孕育了無數寫作新秀，然而，隨著資訊科技發展，世界的距離短了，人與人之間的距離卻遠了，二〇一四年台灣詩學季刊社推動「吹鼓吹詩創作雅集」，與會者事先繳交一首詩作，現場討論不會公布作者名字，讓大家可以不分詩齡、輩分，盡情交流想法，聚會也安排有主評者，提供創作建言。北、中、南分別由白靈、解昆樺、陳政彥擔綱召集人，期待透過面對面的論詩行動，增進跨世代詩人的交流，再掀現代詩寫作風潮。

台北場於二〇一四年三月十五日下午，在魚木人文咖啡廚房揭開序幕，採取一年舉辦五次的模式，參加人數屢創新高；嘉義場二〇一四年三月十七日晚間於嘉義大學登場，參加者以校內喜歡現代詩的學生為主，邀請王羅蜜多講評；台中場則是二〇一四年四月三十日下午在中興大學舉行。

北部詩雅集二〇一六年改由葉子鳥主持，葉子鳥引進劇場經驗與詩友互動，為詩雅集注入更多創意；二〇一七年交棒給林靈歌，林靈歌的好人緣為大家邀來重量級詩人擔任神祕嘉賓，每回現身都讓人驚喜；二〇一九年由蘇家立主持，透過年輕詩人的創意，讓詩與生活更沒有距離。目前台北場的地點固定為紀州庵文學森林，每年三、五、七、九、十一月最後一個週六舉行。

「吹鼓吹詩雅集‧南部場」睽違二年後，在李桂媚的企劃與王羅蜜多的鼎力相助下，二〇一六年十一月二十七日下午在台南豆儿DOR ART ROOM熱熱鬧鬧展開，以「詩房四寶」為活動主題，希望詩友們經過吹鼓吹詩雅集的交流，都能滿載「詩人指點，詩藝大增」、「詩觀交鋒，靈感不絕」、「詩友相識，情誼長流」、「詩意午後，雋永回憶」四寶而歸。二〇一七年的台南場同樣在豆儿登場，把「二〇一七」的諧音「愛你一起」，延伸為「愛詩一起」，第一場五月七日舉辦，第二場則選在十一月十一日單身節的隔天，把十一月十二日顛倒過來變「愛詩依依」，歡迎愛詩人跟詩一起告別寂寞。二〇一八年開始，南部詩雅集由王羅蜜多與曼殊繼續推動，以一年兩次的形式持續舉辦。

迎向二〇二二年三十週年，還有許多活動醞釀中，歡迎與台灣詩學季刊雜誌社、吹鼓吹詩論壇一同發現詩的更多可能！

【推薦序】

傳世風雅

游埶良

對於詩的認知，一枝中文系的筆，毫無疑問的駕輕就熟。但傑原的詩作孕育並不多，也許誠如作者所言，必須謹慎對待，負責任的書寫吧。

研究所的周易之鑰完成，台中之音叮噹，金華之情翩躚，納卯之行開眼；年輕的心總有悸動，不停翻閱。

洛夫應是影響傑原現代詩創作最多的詩人，就讓我們略看幾首。〈虫之死〉：

現代智人是厭惡潮溼的族類
你卻由潮溼孵化

以他人詬病之姿騷動
一場大雨，濃縮的生命
在泥土乾燥以前

現代智人害怕沾染潮溼，而某些蟲類卻是在潮溼中孵化；於此不難想像詩的諷諭。以他人詬病之姿騷動，沉落於一場大雨。蟲之死，令人害怕，亦難以釋懷心中之噁；不過，機關算盡、無所不用其極的人類，有比較潔淨嗎？

獻給珮筠的〈度〉雖輕輕弔唁，卻承載著深深的祝福。我們知道，死生是個人之事，卻圍繞在親朋好友的身邊叩響往事，如經如誦。時間飛渡，死亡終將靠近我們。或許只有靈魂真切地知道，彼此的感受。

傑原喜歡刻劃生命中的諸多意象，如生離死別，以其淡定優雅的文詞輕輕托出，那熾熱的深情經常埋藏在詩的尾端，作為張力體現。以第三隻眼，觀察人世間的多元活動，進而以詩筆勾勒出，一篇篇簡潔的好詩。

相片增添了詩的色澤，拓寬了詩語言的世界。優美冷靜的海風，一步一步吹向詩人的胸坎，那股味道正如詩的佐料帶有鹹鹹的淚珠，亦如晚霞般遼闊。

簡單走筆至此，祈願傑原的詩作能成為傳世風雅。好的詩，要有好的讀者，希望那個人就是你。

二〇二〇年四月五日

【推薦序】

〈現是不現〉——施傑原詩中的語言與姿態

謝予騰

反覆幾遍之後，我決定不再述說傑原安排在詩中的眾多典故，而決意將它們保留給讀者與詩人心有所屬的族類去發現；反而在本文中比較需要凸出討論的，是白話與文言錯綜的眾聲，在本書中呈現出如濤浪般的喧譁與聽濤的樣子，才是在閱前與讀後需要被探究的部分。

現代文學演進至今，部分創作與研究的語言，雖名為白話，實則又陷入了和文言一樣的窠臼——大量接嫁詞彙、翻譯術語和自鑄偉辭，和如神話或鳳螺般迴旋、綿密堆疊的敘述，讓多數本就在台灣制式教育下，對文學早已高度排斥的讀者群，更是不願意選擇這種需要一定技巧才吃得到螺肉與內容的產品；此外，另一派語言高度含糖與思想任意飛躍的文風，雖可以也已經吸引到特定蟻族派的辛勤讀者，但受眾過窄與蛀牙甚至靈魂過重等害，仍是畫地自限與天分妄為下的必然結果。

而傑原的作品，讓我看到了在這三者之間，對平衡尋找的企圖——全書中固然有詩人因自身學養而高度知性，如引用卡繆寫成的作品〈恍兮惚兮〉，高濃度地展現對道家思想、體道的形上追求，和致洛夫的〈永生之木〉中對詩人內心美學概念釋放與骨幹建構，這一類需要一定基礎知識才能進入的學院派作品，但同時也有對愛最誠摯的告白，如〈水滴終將落下〉、〈如果時間也會老去〉，這一類幾乎無有用典而語言清澈，適合大部分讀者品味的詩篇。

上述不同風格的詩語言運用，除了是白話、文言和詩語言三者間駕馭能力的展現之外，也同時分別承載了詩人不同的面向與內在，包括生死、哀愁、知性、社會關懷與嘲諷幾個不同的主題，讓讀者在本書的閱讀上有了不同的口味選擇與樂趣體驗，而透過「形上卷：死亡與存有」、「形下卷：溢，器滿也」兩卷的分別安排，雖其實深入去說都是詩人內在的宇宙呈現，但一方面不失思想、哲學性，另一方面也等於是詩人為讀者所安排指引的導覽路徑，這點巧思與小貼心，還是該要被舉出來讚賞的。

而這也同時是詩人在本書中，一種幻獸於天空現身般的形貌選擇。

就我所見，傑原在這本詩集裡，仍不改自己是一個背山面海的西子灣研究生形象，有點類似Netflix影集《良善之地》裡的男主Chidi Anagonye（其迪．安那哥尼亞）在凝視自己視為心靈故鄉的希臘時，那種對美好憧憬、嚮往與渴求的樣子，這個姿態在詩集的各個角落中都多少可以看到，其中又以〈宇航者〉一詩特別明顯：

藏瞳眸於眼簾
仰躺浴缸

棲身於一葉扁舟
月光自蓮蓬頭灑下
以流星之姿
點燃黑曜之水的漁火
顱內闃暗的穹頂
以非反射或投影的形式
不見而見千萬光年外的星系
我在深空環視數萬年前
宇航艦上離家的最後一瞥

這是自身和深淵的對望，抬頭看向天空，整座宇宙此時亦正俯視著你，同時也討論到若「愛別離」為一苦，則詩人回頭去問，遠近、宇宙、生死與存亡，在生命境界超凡與體道而近於頓悟的當下，又何者不是愛、何者非為苦？

對此，詩人保持沉默——無論他有或沒有答案，或是否得到任何回覆。下一步該是什麼？其實在這些交雜的作品風格中，聽得到他的自問在迴響。

若西子灣的長堤上，還有那麼一點夕照與浪花餘下的、自由的空位，詩人已用一永恆而最為真切的模樣，為你留下了——見是不見？

二〇二〇年五月三日

【推薦序】帶著詩的印記出走

廖亮羽

傑原是很有緣分的朋友，初認識他時，他剛由屏東大學考到研究所，在高雄就讀中山大學中文研究所，我們風球詩社的南部讀詩會早期曾經慘澹經營一段時間，雲嘉南區與高屏區同學成員一直不穩定，主要是因為南部的學生、年輕創作者很容易因為畢業、求學、工作而離開南部，前往中部北部就學或上班工作。南部讀詩會在傑原加入的那一年開始略有規模，同學參與的情況總算進入穩定成長期，而已經在台灣詩學吹鼓吹詩論壇擔任版主的傑原，就在這時來到南部讀詩會，與其他幾位在台南、高雄讀大學的同學，成為南部讀詩會的核心成員。

那時傑原似乎還未對自己的創作建立信心，但是我感覺到他對詩的熱情，傑原除了持續寫詩在吹鼓吹論壇發表之外，還擔任版主與文友互動，一些在論壇貼詩的年輕同學、青少年高中生，他不但會用心看他們作品，給予建議討論，並會熱情鼓勵他們，對於詩領域的文友老師廣結善緣，收獲許多友誼。

同時我也認為他是一個很有自己想法的男孩，這從他到中文研究所對易經很有興趣，有心想要結合易經做跨界研究可以看得出來，而且因為傑原家裡經商的背景，所以與也是家裡經商的我特別聊得來，我們除了文學之外，還有許多共同話題，生意經、科幻電影、影集、政治、魔術、旅行、奶茶……，透過這些對談交流，我發現這個新同學非常靈活機敏，反應很快，所以一直默默觀察他，也一直期待他的創作爆發期到來。

傑原長期在南部讀詩會與其他讀詩會成員一起開讀詩會，寫詩讀詩，每月交出作品，在讀詩會裡互相讀詩討論詩，與詩社的同學認真切磋，本來就已經很有基礎的傑原，不斷進步，突破自己，也能帶動其他同學的討論，他也常在讀詩會裡或讀詩會之後與我深入討論作品，談論創作方式，以及創作過程中遇到的問題。

在風球詩社創社的十二年之中，當然有不少重要場景深刻回憶，至今我與詩社同學一些印象最深的回憶裡，其中一個畫面就是南部讀詩會結束，我與傑原他們幾位南部讀詩會同學一起吃完晚餐，大家陸續回宿舍住處，傑原與我繼續天南地北聊到深夜，然後傑原騎車送我到客運站已經凌晨十二點多，我從他摩托車下車與他道別後，他突然提到一個詩的問題，我們又開始熱烈的談論起來，三更半夜在高雄的和欣客運大門口，黑夜中我們竟然在建國路邊談詩談了大半天，這畫面真是太熱血也太有趣了，當時這個場景實在很難忘。

後來傑原的研究所學分修完，回到台中家裡寫碩士論文，所以他也開始參與中部讀詩會，又結交了中部讀詩會不少朋友，而且這時的傑原的創作已經進步到另一個階段，對於詩的理解力以及創作觀，也已經更加穩健成熟，很有自己的主見看法，所以更能以學長的經驗帶領中部讀詩會同學讀詩討論詩，每每都能精準點出作品的優缺點，提供貼切專精的建議，這幾年來他對於南部與中部讀詩會同學寫詩的成長進步，持續奉獻貢獻良多。

而傑原自己在詩創作上，也持續挑戰開發出自己的路線風格，結合他中文的古典造詣，以及對易經的研究與熱愛，融合在他的新詩作品中，在中部讀詩會後期、服替代役前的作品，識別度不但很高，精采度更常常讓人眼睛一亮。這時期的詩作，除了詩語言上的自我突破，內容思想上也廣徵博引，深邃有力度，可以讓讀者在讀詩之餘，對於生死循環自然萬物有更深的體悟。

讓我印象深刻的傑原作品裡，這首發表在《人間福報・副刊》的〈自身體出走〉，雲南大理那座蒼山力透紙背，似乎讀者也被群山環抱，解放心靈，走出身體的束縛：

群樹呼吸，所以有風
如力士環抱遺憾
抵禦黑夜及野獸的侵襲
我便能循溼潤的氣息
自負雪的山脊走去

另外一首發表在《時報副刊・人間詩選》的作品〈死生一條——獻給外祖父〉，我也相當喜愛，透過明寫黃河氾濫的象徵，暗喻自我的源頭，血脈的延伸相連，同時兼懷對於外祖父的懷念與致敬，傑原的筆觸由大地直入自身，併發揭曉身體容貌基因的傳承故事，家族的血脈無論朝代，皆會源源新生：

黃河在平原氾濫
而我確是那條支流

流向尚未存有的牧地

我顫抖的身軀
儼然為你的墓地
我的面容即照片中的你，
前額青筋洐潦
宛若滂後的支流
黑髮同墳頭的雜草
賴以茁壯

在傑原的詩愈來愈精進，發表的作品也愈來愈多之後，我當然更加期待他的第一本詩集的集結出版，這時他順利畢業完成研究所學業，竟然前往菲律賓服替代役，這是我們這些詩社朋友非常意外的選擇。我在開頭第一句即提到：「傑原是很有緣分的朋友」，緣由就是來自於此。因為二十幾歲這個年紀是台灣的青年最波動、變化最大的人生階段，年輕創作者必須要忙著學業、忙著考研究所、忙著論文、忙著當兵、忙著搬住所、忙著找工作、忙著上班、忙著換工作、忙著愛情，然後忙著婚姻、忙著家庭、忙著小孩，所以許多大學生、研究生、年輕詩人在這段時期大多為了生活奔波忙碌，終日筋疲力盡，很難持續寫詩，更難以穩定待在詩社參與社團活動。所以年輕創作者往往在畢業後，還能參與一陣子詩社活動，已經相當不容易。

而傑原不但在大學畢業後，反而深入參與詩社的南部讀詩會，更在寫論文時期，能回台中老家認識中部讀詩會同學，千里迢迢到菲律賓服役，一年之後還能再出現在讀詩會，與中部的同學重逢歡聚，幾番輾轉遷徙，竟然沒有像斷線的風箏失了聯絡，我們還能相聚讀詩，談詩論詩，談笑風生說笑暢談，真是非常不可思議，非常難得，從這裡也可以看出傑原對於詩的莫大熱情與堅持，才能有今日再續的文學緣分，我每每想到這裡就非常感動。

這份文學的緣分，延伸到現在傑原要出版的第一本詩集，不只我期待已久，相信傑原周圍的朋友也期待已久，一位擁有這麼多能量這麼多友誼的詩人，在菲律賓的學校教學自然也獲得許多友情，深受菲律賓的同事學生喜愛，他在最年輕的時候把詩與人的筆觸帶到東南亞，在傑原的詩集裡，更是遍布他對這個世界天地萬物的筆觸，那是傑原留給文學的第一枚印記，我也將期待傑原在新的人生階段留下的下一枚文學印記。

二〇二〇年七月七日

廖亮羽，花蓮人，真理大學台灣文學系，華梵大學哲學研究所，風球詩社社長，風球出版社發行人，全國大學巡迴詩展策展人，全國高中巡迴詩展策展人。電影迷、旅行者、哲學人。

詩集：《時間領主》、《Dear L，我定然無法再是　一隻被迫離開又因你而折返的魚》、《羽林》、《魔法詩精靈族》。主編：《台灣七年級新詩金典》（秀威出版）、《2018風球詩社十週年詩選集》（秀威出版）

獲獎：二〇一一優秀青年詩人獎、二〇一三花蓮優秀青年獎、二〇一三真理大學傑出校友獎

自序

拙作大多與死亡有關，也非常真實的表達了我對死亡的態度。於我而言，即便是別離，每一次的告別都是對死亡的預演。我們不停的與他人告別，就是為自身的死亡，作準備。

我之所以選擇現代詩作為表現形式，乃因創作之於我，是件極其私密的事。讓他人閱讀自己的作品，就好像情書被公諸於世——因此我也極少發表作品。在這個鑲嵌於四維時空的隱密宇宙裡，我可以恣意調度語言，任意築建理想的國度。既然是寫給自己看的，甚至是「以後」的自己（這或許是拙著問世的唯一理由），那就沒有長篇大論的必要，更沒有向他人解釋的必要。因此，我試以現代詩捕捉自身片刻的火花。

上述這種個人的現代詩傾向，也許稍受海德格（Martin Heidegger,

1889—1976）——「語言是存有之家」（*Die Sprache ist das Haus des Seins*; Language is the house of Being）[1]——以及高達美（H. G. Gadamer, 1900—2002）——「能被理解的存在就是語言」（*Sein das verstanden werden kann, ist Sparche*; Being that can be understood is language）[2]——的一些影響。但同時，我也想稍作澄清，拙著〈形上卷〉與〈形下卷〉的命名，實無關乎西方哲學。

於商代的甲骨卜辭中，「下上」一詞所彰顯的是天地上下交通的流動狀態[3]。換言之，看似相互對立的兩者，實為相即不離的

---

1 〔德〕海德格（Martin Heidegger）著，孫周興譯：〈人文主義書信〉（*Brief über den Humanismus*），《路標》（*Wegmarken*），《海德格爾文集》（北京：商務印書館，二〇一四年五月），頁三六九。

2 〔德〕高達美（H. G. Gadamer）著，洪漢鼎譯：《真理與方法》（上海：上海譯文出版社，一九九九年四月），頁六〇六。

3 郭靜云（Olga Rapoport）：《天神與天地之道：巫覡信仰與傳統思想淵源》（上海：上海古籍出版社，二〇一六年四月），下冊，頁六〇七—六一一。

整全概念。而在以五經為核心的傳統漢文化中，或者實際上是在我個人受前見（*Vorurteil*; prejudice）影響的理解下，「道器」之間也是這樣的關係。在此一語境與文化脈絡裡，形上與形下的分判，並非意味著在經驗世界之外，尚有一個更超越、更真實的理型世界[4]，反倒如《莊子》所言——「道在螻蟻，在稊稗，在瓦甓，在屎溺。」意即「道」無乎逃物、無所不在而與「器」相輔相成。

在我現代詩的創作歷程中，洛夫（1928—2018）對我的影響最鉅，但拙作並非試圖抵抗死亡，或嘗試報復什麼，只是單純紀錄個人的經驗與體會。就像《老子》說的：「寵辱若榮，貴大患若

---

4 此處係指源於柏拉圖（Plato, 427—347 B.C.）的西方形上學（metaphysics）傳統。當然，這並非西方哲學的全貌，像海德格與梅洛龐蒂（Maurice Merleau-Ponty, 1908—1961）等哲學家，顯然就有別於這種形上與形下二元對立（dualism）的形上學傳統。

身。」[5]正是因為死亡，才讓生命顯得彌足珍貴。現階段的我，雖未能欣然接受死亡的到來，但我敬畏死亡，就像敬畏我自己的生命那樣。顯然，我仍是一個怕死的人，卻也是一個沒有宗教信仰的人。

我並不認為也不同意有宗教語境下的輪迴。我們時常耳聞「死亡不是結束而是開始」這類看似灑脫的說法——多帶有宗教的輪迴意味。但殘酷的是，若相信有來世而自認不怕死，那並非真的不怕死，你反倒怕得要死。因為，你還是害怕結束，而引頸盼望一個全新的開始。

影響我觀看生命甚深者，當屬《老子》、《莊子》、巫以及原始薩滿（shaman）的思想與世界觀，當然還有史泰斯（W. T.

[5] 今本作「寵辱若驚」，惟筆者謹從裘錫圭先生（1935—）之見，據簡本改作「寵辱若榮」。詳參裘錫圭：〈「寵辱若驚」是「寵辱若榮」的誤讀〉，《中華文史論叢》二〇一三年第三期，頁一—十二。

Stace, 1886—1967）所謂冥契主義（mysticism）式的個人經驗。因此，拙作有時會出現一些神話元素與色彩。這也與我讀研究所時，接觸神話學（mythology）的經驗有關。拙著反倒與易學較無直接關聯。雖然扉頁引用了〈繫辭〉，但對我來說《易傳》容較契近於《老子》與《莊子》的思想。而《老子》與《莊子》亦指出「道」——言語道斷的不可言說性，帶有較為濃厚的自證傾向。職是之故，拙作大多是寫給自己看的，試以文字勉強逼近個人生命的本真。

二〇二〇年六月二十六日

目次

形上卷：死亡與存有

形下卷：溢，器滿也

形上卷：死亡與存有

虫之死

現代智人是厭惡潮溼的族類
你卻由潮溼孵化
以他人詬病之姿騷動
一場大雨，濃縮的生命
在泥土乾燥以前
發霉的氣味
是你卸下翅膀的唯一麻醉
世界於身後坍塌
剝落為兩片半透明的定義
你是一隻蟲
沒有姓名

度

——獻給珮筠

捻一縷繚繞的香煙
串起所有祝禱
摺成金黃的蓮花葉
每條稜線
是我們輕語的祈願
讓白鶴一路銜著向西
轉動珠穆朗瑪的經輪
引妳入舍衛國
領受釋尊醍醐
一如既往，一切

又從那聲無染的喜悅
展開

悼念友人因八仙塵爆離世。
施傑原：〈度〉，《有荷》第十五期（二〇一五年八月），頁二十三。

〈應〉

捻一縷繚繞的香煙
串起所有祝禱
摺成金黃的蓮花葉
每條稜線

是我們輕語的祈願
讓白鶴一路銜著向西
轉動珠穆朗瑪的經輪
引妳入舍衛國
領受釋尊醍醐
一如既往，一切
又從那聲無染的喜悅
展開

給來世

人生的際遇如陽光般刺眼
墨鏡讓我好過一些

妳說，我深鎖的眉頭看似很淺
實則如佛洛伊德之於潛意識
是鐵達尼省略冰山後
嘗試的輕描淡寫

甲骨文至楷書的遞嬗
刻劃靈魂演進
但無人翻閱過往，大多只是
行經我的喪禮

腐敗後的遺骸
是無人讀懂的文獻
我僅能坐擁極地的蒼白
以荒涼打磨雪球的標準圓

滅與生

火苗觸怒黑暗
是該離開焦點，裸身於外
習慣風的挑釁
撐起太陽一季的怒目
而蠟燭逝去的四分之一
已然成為——煙
的回憶……

火苗觸怒黑暗
是誰離開焦點，裸身於外
習慣風的挑衅
撐起太陽一季的怒目

3/18

難民

裝帶著餘生
自北柴山一路往下
逃至文明的邊界
此處沒有長城
沒有柏林的圍牆
汗水卻於眉上思索
能否越過北緯三十八度線

死去的礁岩矗立水邊
除了留下戰地的照片
手機只是能刻字的墓碑
昨日在後，明日在前

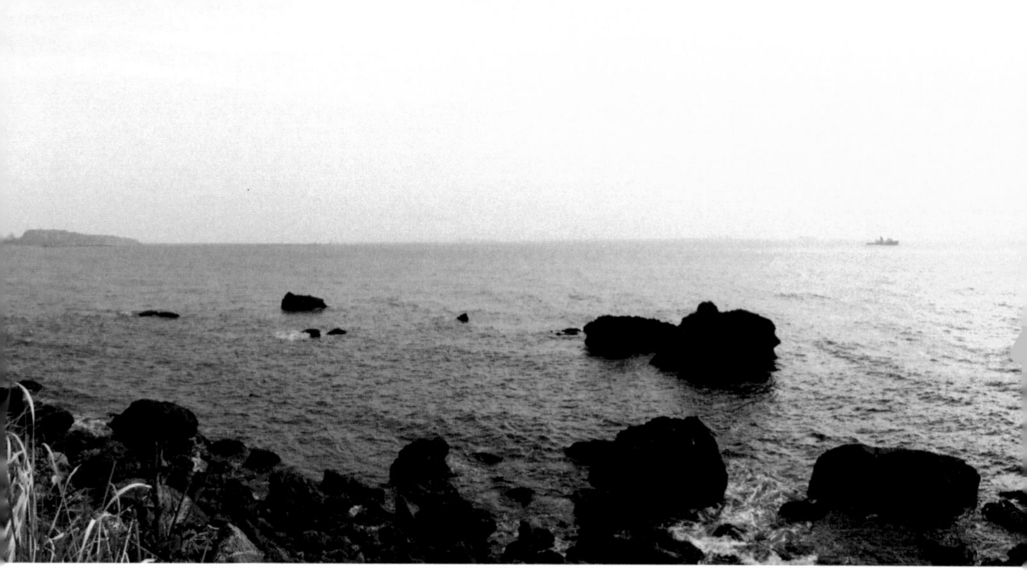

施傑原攝於國立中山大學／

我們卻僅有今日
懸於夕陽般的無形之線
海鳥眸中的無名邊界

施傑原：〈難民〉，收入《風球詩社十週年詩選集：自由時代》（台北：秀威資訊科技股份有限公司，二〇一八年十二月），頁一六五—一六六。

煙之象形

覀———丶灬垚

死生一條

——獻給外祖父

頃刻，羊水賦予你生機
我的軀體則註定是你
脈管的終點，惟
我尚未出現

據說，夏王朝的開端
肇於一場洪水
黃河在平原氾濫
而我確是那條支流
流向尚未存有的牧地

我顫抖的身軀
儼然為你的墓地
我的面容即照片中的你，
前額青筋洐潦
宛若澇後的支流
黑髮同墳頭的雜草
賴以茁壯

上游潰決的河道終將乾涸
你亦成灰燼
如緜以屍骸為沃壤
大禹於焉生長

施傑原：〈死生一條〉，《中國時報・人間副刊》C4版（二〇一八年九月四日）。

永生之木

——向詩人洛夫致敬

石室裡那株被鋸斷
的苦梨，被迫向根及土地
告別——年輪上的籍貫與姓名
經無岸之河洗滌
僅存一條無用的漂木
彷若時間裡航行的舟楫
風帆樹立於上
以鮭魚之姿
洄游至流放前
不見而見的廢墟。軀幹

遂漸次消解
為下一個春季……

施傑原：〈永生之木〉，收入《2019風球詩選》（台北：秀威資訊科技股份有限公司，二〇一九年十二月），頁一五四。亦見於游鍫良：〈與新生代的詩人互映——施傑原〉，《乾坤詩刊》第九十二期（二〇一九年十月），頁一一四。

我在身體裡後退

古剎內一座爬滿青苔的銅鐘
於蔓草及荒煙裡蹲坐
外界的隔閡為視覺消解
我在身體裡後退
嘗試退於焦距之外

兩塊狹小且透光的窗口
向我展示日常
包裹寺壁的腐朽
突然驚覺，自己竟是瞽囚

鐵閘的溫度
與囚服彼此禁錮
外在的躁動與體內的寂滅相同
皆無以證明兩者存有
監牢外的獄卒在監獄之內
下班後，換上囚服

二〇一六年淡水福爾摩沙國際詩歌節參展作品

恍兮惚兮

"And never have I felt so deeply at one and the same time, so detached from myself and so present in the world." — Albert Camus (1913—1960)

昔日行經記憶
抵達此刻
恍若光自遙遠的恆星走來
我甚至不確定
它是否還在那裡

引文本作：「Et jamais je n'ai senti, si avant, à la fois mon détachement de moi-même et ma présence au monde.」出自卡繆的散文〈傑米拉的風〉（*Le vent à Djémila*），收入其文集《婚禮》（*Noces*）。

日暮遇之

這一刻
突然想回家
期待睜開雙眼
全新的時代已然降臨

即便牽掛的人都已死去
我們仍會於街上，擦肩走過
但不會認出彼此
也許感到熟悉，也許
會在多看妳一眼後轉身
跳入人海

我是一條無以辨識的魚
僅有二十三秒的記憶

我還在

售票口前
「一點四十分的厲陰宅
　一張，謝謝」
售票人員也向我手上
的生活道謝，或者
只為讓老闆聽見

座位被安排妥當，他問
「第八排靠走道好嗎？」
與二十三年前不同的是
至少我目睹了一切。
「好的，謝謝」

我滿懷感激
為即將到來、專屬於我兩個小時
又二十分鐘的位置
興奮地於小便斗前顫抖

十號廳裡
與身旁放暑假的高中生笑得一樣厲害
他是為左邊數過去的第三位女同學
我則笑給不笑的自己聽
接受他察覺自己並非唯一的神情
「謝謝」
默默響起

此在

開始練習失眠
自身體出走，遠離夢境
一處名為意識的倉庫
眾人想像的孤獨國外
商禽筆下最現實的方所
不寫詩即是寫詩

同潤喉的噴霧一起變輕
變得不再聒噪
不再嘗試抵癒腐朽
但終會留下一絲液體

等待旋開的飲者
或逕自蒸散

「此在」之義係按海德格《存在與時間》（*Sein und Zeit*）對「Dasein」一詞的重新理解。謹從陳嘉映先生（1952—）之漢譯。詳〔德〕海德格（Martin Heidegger）著，陳嘉映、王慶節譯：《存在與時間》（北京：三聯書店，二〇〇〇年四月），頁一〇二、一三二—一三三、四九八—五〇一。

史前記憶

冬季已焚燒殆盡
東非草原
一頭灰色巨象
自壓境的烏雲踽行而來
乾涸的渠道布滿肌膚
紀錄灌溉的前身
洪荒在後
荒蕪在下
野性在象中

宇航者

藏瞳眸於眼簾
仰躺浴缸
棲身於一葉扁舟
月光自蓮蓬頭灑下
以流星之姿
點燃黑曜之水的漁火
顱內闃暗的穹頂
以非反射或投影的形式
不見而見千萬光年外的星系
我在深空環視數萬年前
宇航艦上離家的最後一瞥

擺渡船

我無意瞥見
那顆水藍色的星球
有綠色的肺
像宇航者憂鬱的眼珠……

（……我張開甬道
減弱兩極的地磁
於太陽風進駐的瞬間
未來已注入肉身

轉世：生命的演化

「龍戰于野，
其血玄黃。」

論文發表後
才驚覺撰寫的過程
是一種無意識的考古行為
在名為意識的表土深掘
進而探獲些許殘片
後經古籍蠡測
可溯於一八九〇初期
潺黑的黃土參有鐵鏽的顏色
宛若風乾的血液
與安徽溪頭村

同位層的環境吻合
生命在其上演化
地層代代積累
「諸龍於野地相戰，
鮮血氧化為褐色。」

施傑原：〈轉世：生命的演化〉，《掌門詩學》第七十三期（二〇一八年七月），頁三十八—三十九。

註一：許慎《說文解字》：「黑而有赤色者為玄。」

註二：「樸安年十三四歲時，讀宋朱熹《周易本義》。一日，問塾師曰：『〈坤〉卦上六，龍戰于野，其血玄黃。普通之血，皆是紅色，何以龍血獨玄黃？究竟龍是何物？或曰：龍戰已久，其血已乾，故有玄黃之色？』」胡樸安：《周易古史觀》（上海：上海古籍出版社，二〇〇六年七月），自序一，頁一。

施傑原攝於中國安徽省黃山市黟縣宏村鎮／Copyright © 2018 Joe Shih Photography All Rights Reserved

方死方生

病榻兩端
原本懸吊點滴的鐵架
掛著蚊帳
蚊蟲於燠熱的空氣中
載浮載沉
如此刻，棺槨內的我
翻來覆去
想起汀州路的春天
若將盡未盡的夏蟬
於潮溼的夜裡
鬆軟的土壤下

消逝
遺忘

寫於以前的三軍總醫院，現今的替代役中心。
施傑原：〈方死方生〉，《掌門詩學》第七十七期（二〇二〇年七月），頁一九三。

我的消亡

我夢見飛機在房頂墜燬
睡夢中的我於夢裡
死去

時間是火
我是那堆將燼
未燼的殘骸
嗶剝作響的遺言
如巴顏喀喇的經輪
靜待來者撫觸

那些我所聽不見的哭聲
自瓦礫堆裡
伴著黑煙升起
彷若焚香者昔日的懺悔
我則祝禱——
任火燄淨化我的骨血
——祝禱身後的
已與我無關的世界
能自灰燼中站立
而一切如常

施傑原攝於中國雲南省大理市白族自治州蒼山／

自身體出走

日落戌時
避開眩幻的煙嵐
將未竟之旅藏進蒼山腰際
掩在蓊綠的肺葉下
留作夢中的印記
群樹呼吸，所以有風
如力士環抱遺憾
抵禦黑夜及野獸的侵襲
我便能循溼潤的氣息
自負雪的山脊走去
海拔兩千公尺處
那場霪雨依舊

氣溫仍維持在攝氏十五度
只是少了旅人的蹤影
多了鄉音

蒼山，位於中國雲南省大理市白族自治州，全長五十公里，海拔四千兩百公尺，頂峰第四紀冰川與積雪，終年不化。

施傑原：〈自身體出走〉，《人間福報．副刊》第十五版（二〇一八年四月十三日）。亦見於《創世紀》秋季號一九六期（二〇一八年九月），頁一三一。

日落戌時
避開眩幻的煙嵐
將未竟之旅藏進蒼山腰際
掩在蓊綠的肺葉下
留作夢中的印記
群樹呼吸，所以有風
如力士環抱遺憾
抵禦黑夜及野獸的侵襲
我便能循溼潤的氣息
自負雪的山脊走去
海拔兩千公尺處
那場霪雨依舊
只是少了旅人的蹤影

多了鄉音

我已是一彎裸身的綠

伏入沉積岩底部
迴避帝的火炬
讓羊齒植物
咀嚼我的氣味。
日沒，夜風如透光的薄蛹
隱我於霧雰逡巡的林麓
花草、蟲蚋與鳥獸
皆不以我為恢恑憰怪
形同魑魅
循白蝶的蹤影

雷澤之隰，群巫跪地
雙手以樹椏之姿擎天高舉

頭飾彷若垂天之雲
「……下上若，受我佑……」
履〈雲門〉的鼓聲
烈風及雷雨陟降大澤。
毛孔張大如目傾聽
風雨流行的緻密信息
枝葉正在耳語
我已是一彎裸身的綠

註一：帝，商周先民對北天極的崇拜，天地間的最高主宰。
註二：澤中有雷，雷神所降處曰雷澤。
註三：「下上若，受我佑」商代中期甲骨卜辭套語，向天地眾神靈祈求庇佑。
註四：〈雲門〉，祀帝之樂舞。

覺：撫觸夢的影子

我的身體是坐落在異域的山
指向深壑
吐納的氣息如風
能出雲霧
見怪物
我遂於此陟降——下上交通

仿若黑曜之水的夜泛著微光
滲透寂靜
木石、山鬼與夔怪仍於其中蠢動
在這座從未睡去

的不眠山裡
我，並不突兀

假寐的山伏有意識
我則順著湧動的暗流
自無底之谷而下
俄然覺察：湍急的水面並無我的倒影
便低頭凝視雙手
唯目光錨定處有物混成……

……周遭的景物如憑風幻化的粗糙砂礫
於尺寸間聚散——將墜未墜
時空的肌理正在崩解
一汩汩龐大且繩繩不可名的力

在這湫隘又無盡的時空裡
向內坍縮

不啻墮入不測之淵
為鉅沉無垠的水體鎮壓
幾近裂解
始又覺察：此境僅是沫雨裡的流沫
我卻險於體內的谷中之谷
湮滅

形下卷：溢，器滿也

瘧疾

鱷魚綠的蚊香
置於圓形鐵盤裡燃燒
焦黑處已難以辨識
碳與屍體的區別
焚香是否可以驅趕蚊蟲
又不傷害人類

蚊香色外皮的鱷魚
則有傷害人類的可能
即便爬蟲類屬冷血物種
流淌的顏色卻與人類無別

像汩汩烈焰
棲於圓形球體裡燃燒

施傑原：〈瘧疾〉，收入《風球詩社十週年詩選集：自由時代》（台北：秀威資訊科技股份有限公司，二〇一八年十二月），頁一六五。

黑洞：視界的外與內

「閉上雙眼
就看見黑暗」

其實，你什麼都沒看見
也什麼都看不見
黑暗只是飛蛾撲火、
恆星燃燒前
未有光的狀態
而人們總在夜裡祈禱：明日
太陽照常升起、

北天極的璇璣仍授予時間
惟皮藏於夢境的色彩
卻不願自真空醒來……

……向史瓦西半徑內塌陷
祈願殘留於視界表面
如轉瞬即逝的流星
墜燬的灰燼
逐漸為海面離散與肢解
夢的形態遂趨向不可見的
奇異的點
愈發緊縮且強烈

而那道無以逃逸的光
則扭曲／形變

施傑原：〈黑洞：視界的外與內〉，收入《2019風球詩選》（台北：秀威資訊科技股份有限公司，二〇一九年十二月），頁一五五。亦見於游鍫良：〈與新生代的詩人互映——施傑原〉，《乾坤詩刊》，第九十二期（二〇一九年十月），頁一一七—一一八。

西湖印象

如果有一天我不再想妳
是因為那場大雪偏折了光線
樹梢撐不起潔白
幾粒鹽巴殘留在葉的唇邊
風正廝磨垂柳的情緒
鐵馬少了鞭策
以今日之姿駐於昨日

如果有一天我不再想妳
雷峰塔便鎮不住白娘
熙來攘往的蘇堤成為我們的主題
我們成了彼此鏡頭裡的背影

橋下的流水帶走一切
包括藍天裡的白雲

如果有一天我不再想妳
並非我不想妳
西湖有太多留戀的地方
旅客只能戴起墨鏡
將她收進眼眶

施傑原攝於中國浙江省杭州市西湖畔／

水滴終將落下

——致晟潔吾愛

冬日隨著妳的腳步漸遠
臥房恢復原有的秩序
我的臉卻開始龜裂。
一條潮溼的膚色內褲掛在窗臺
違和的粉色拖鞋於瞳孔擱淺
遮雨棚數著時間。
架上不忍道別的毛巾仍在滴水
昨晚梳落的長髮
交織成今日的思念。
化妝水與乳液不再

盥洗後的妝鏡則猶豫
應否拭去水氣端詳乾燥的面容。
我遂移開視線
換上那雙粉紅色的拖鞋
假裝低著頭的自己正與妳交談。

施傑原：〈水滴終將落下〉，《吹鼓吹詩論壇：告別練習——遺言專輯》第四十一期（二〇二〇年六月），頁一二一。

如果時間也會老去

——致晟潔吾愛

季節沿著道路的兩旁展開
見證相聚與別離的遞嬗
而昔日
仍於山巒迴響……

時間趨於靜止
我的思緒如光速
穿過這條必經之路
試以異鄉的指針縫補
空間的裂痕

夜裡，枕在時間的脈上
諦聽村落的聲息
脈象若沙漏裡舒緩的堆積
與滑落——
諭示著此刻的節氣
我已等不到桂花的雨季

初春的霪雨留在昨日
眼角有今晨的飄雪
雨刷發出老式火車的聲響
向漸次於後照鏡裡消失的道路示意
清晨六點：時間已行於膏肓

我仍拋錨在嚴冬的雪域
裏足不行

施傑原：〈如果時間也會老去〉，收入《風球詩社十週年詩選集：自由時代》（台北：秀威資訊科技股份有限公司，二〇一八年十二月），頁一六六—一六七。

施傑原攝於中國浙江省杭州市滿覺隴／

金：無名指上的命定

——致晟潔吾愛

妳在海峽西岸
在永康城西
在一個五行屬金的季節
與生肖屬雞的我相遇

這無疑是個傷春悲秋
又適逢收成的時節
一個讓妳我邂逅
卻註定分隔兩地的時辰

思念遂如妳漸長的黑髮
流入海峽
因此海是鹹的
是深沉的
亦如兩岸之間
低盪的濤聲……

……「金——生水」
初見妳的那晚
細雨紛飛
確已預示了眼角的雨季
亦若寒暖流交會的漁場
帶有豐收的意象，故

雞犬相聞
即便相隔一座海峽

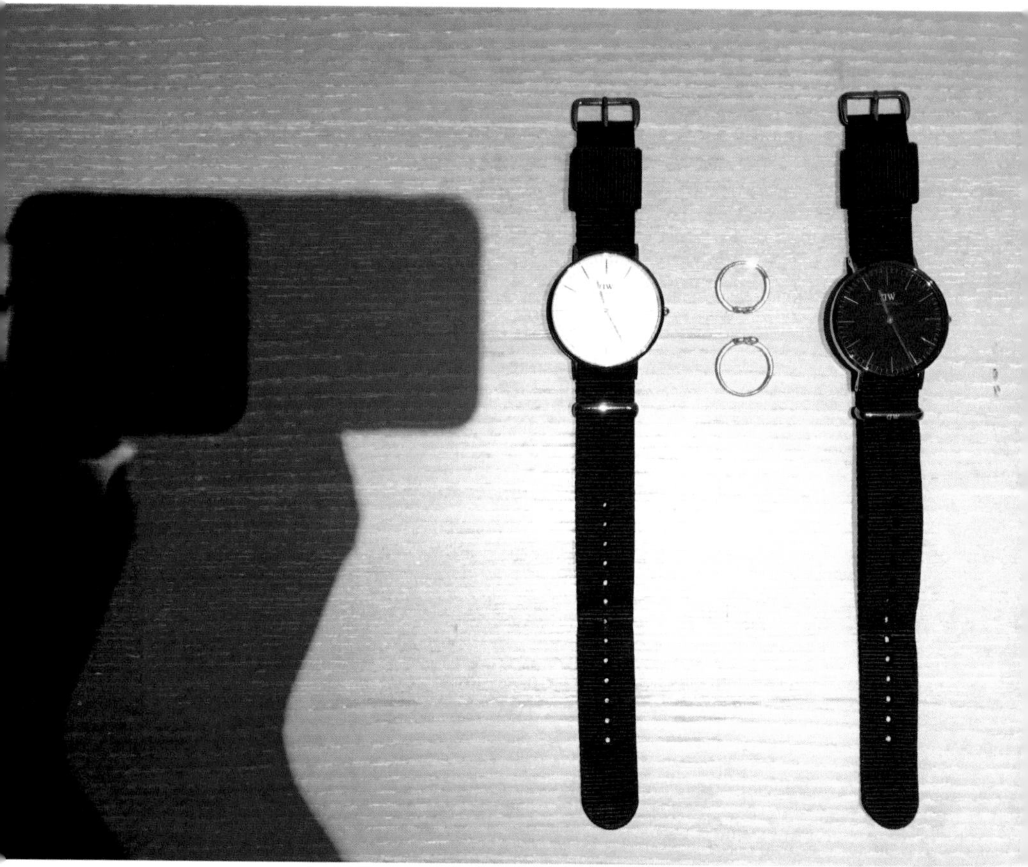

施傑原攝於中國浙江省金華市永康市／

總在即將離別時相遇

——給嘉慧

妳的焦躁掉進碗裡
拌著夾起的麵條一飲而盡
夜晚的街道便延展開來

——妳跌坐彼端啜泣
我走近細聽，拼湊破碎的晶瑩
街燈遂將影子拉長
填補昔日的缺席——

桌子的防線已經消解
滿地支離則寄放在昨日子夜
讓海堤撐起空瓶的重量
待明年夏季，我將以鮭魚之姿
向星空汲取
妳的聲音

施傑原攝於國立中山大學／

二樓辦公桌的抽屜

蹣跚地往山頂走來
你略抬起頭，如孩提時
我望向午後的烈日

看護攙扶你，你攙扶榮耀
拉開久未謀面的抽屜
翻查記憶

信封包裹著熱情
熱情是刮鬍刀片修剪的歲月
你發覺自己正沿著水泥階梯向平坦邁進

我看見夕陽拄著樹梢
晴紅一瞥

旅人

時間由未來流向過去
我們變了不少。大年初三
妳與父親首次看見我的背影
相距一個駕駛座的空間
北上的公路很像我這些年的青澀
全是未知的景緻
突然察覺，時間以妳為起點迅速膨脹
而我是妳射出的箭
集畢生精力
劃出四十五度角的完美曲線

「風，決定你的方向」

我回過頭，想說聲謝謝
後座僅剩一張未洗出的照片
我們變了不少，也什麼都沒變
比如說
——我愛妳

台北Somebody咖啡館・二〇一六年母親節詩展

馴化

「原原，把頭擺正！」
小學三年級前
這句話時常為夢的結尾
一日之始

有座洞穴
牆上畫滿父母的神情
看似相覷流淚但
更像汗顏——沿為肉瘤般的石筍

壁癌是種自卑的絕症
如囈語於枕間溼潤

泛黃的水漬覆蓋
左頸的逆鱗

「脖子歪一邊」是獸的乳名
劃至鎖骨上方的指尖
慌亂地摳著肌膚
於知覺的無主地流離

洞穴已擱淺在夢的邊際
砂石般的草場放逐
我遂漸次習得人世的規範
懂了衣著

對面老家

木牆早已澹然為
骨灰的顏色
像塔裡塵封的冷
我撫觸時間的掌紋
端詳個中奧義
那四散的瓦礫於墜落前
即已破碎——
真相：凝於門面
一如我們一年一度
拈香叨念的問候
——堆砌著將焚的笑容
在這草菅彌生

棟橈羸弱的老家前合影
在被徹底摧毀之前
徒留一張
業已亡佚的相片

施傑原攝於台中市神岡區／Copyright © 2020 Joe Shih Photography All Rights Reserved

封鎖：犯罪定讞

我的姓名刑同當年
初假釋後再犯的罪徒
令妳痛恨
如那晚極力沖洗
自己的身體般
欲將我排出身命之外
而妳脫棄者
即床沿待洗滌的衣褲
我便是那道汙漬
混著汗與淚水
領受妳終身監禁的宣判

靈感

別讓解構斷裂
聚散一切可能
坐觀時間摺疊為
空間的切片，光
同我等速奔跑
成像在後腦的暗室
接上插座
點亮每條神經

施傑原：〈靈感〉，《吹鼓吹詩論壇：詩人喇舌——語言混搭詩專輯》第二十三期（二〇一五年十二月），頁一三七。

停電

我的靈魂就像案前的燭火
探看妳心裡的廢墟
待電力恢復後
便被吹滅

施傑原：〈停電〉，收入《台灣詩學截句選300首》（台北：秀威資訊科技股份有限公司，二〇一八年一月），頁一三〇。

我有病

聽見金屬的神情後
驚醒

口罩與手術衣將妳隔絕
銳利的眼神及言語進行切割
「是的，我有病」
左胸迴盪忠誠的頻率
與妳的名牌共振
（作為麻醉。）

情感切除，妳未隨即縫合傷口
如煉屍般填充幾句髒話

開一劑讚美的處方，輕語：
「你會再回來的」

手術檯成了我的棺槨
妳同一旁的護士聊得開懷
不為陪葬
只為見證心電圖
水平的吶喊

施傑原：〈我有病〉，《吹鼓吹詩論壇：半人半獸——人性書寫專輯》第二十五期（二〇一六年五月），頁二十一。

語言文學類　PG2454　吹鼓吹詩人叢書44

不見而見

作　　者／施傑原
總 策 畫／蘇紹連
主　　編／李桂媚
責任編輯／姚芳慈
圖文排版／周好靜
封面設計／劉肇昇

發 行 人／宋政坤
法律顧問／毛國樑　律師
出版發行／秀威資訊科技股份有限公司
114台北市內湖區瑞光路76巷65號1樓
電話：+886-2-2796-3638　傳真：+886-2-2796-1377
http://www.showwe.com.tw
劃撥帳號／19563868　戶名：秀威資訊科技股份有限公司
讀者服務信箱：service@showwe.com.tw
展售門市／國家書店（松江門市）
104台北市中山區松江路209號1樓
電話：+886-2-2518-0207　傳真：+886-2-2518-0778
網路訂購／秀威網路書店：https://store.showwe.tw
國家網路書店：https://www.govbooks.com.tw

2020年10月　BOD一版
2020年11月　BOD二刷
定價：240元

國家圖書館出版品預行編目

不見而見 / 施傑原作. -- 一版. -- 臺北市 : 秀威資訊科技, 2020.10
面；　公分. -- (吹鼓吹詩人叢書 ; 44)
BOD版
ISBN 978-986-326-842-0(平裝)

863.51　　109012039

讀者回函卡

感謝您購買本書，為提升服務品質，請填妥以下資料，將讀者回函卡直接寄回或傳真本公司，收到您的寶貴意見後，我們會收藏記錄及檢討，謝謝！

如您需要了解本公司最新出版書目、購書優惠或企劃活動，歡迎您上網查詢或下載相關資料：http:// www.showwe.com.tw

您購買的書名：＿＿＿＿＿＿＿＿＿＿＿＿＿＿＿＿＿＿＿＿

出生日期：＿＿＿＿＿年＿＿＿＿＿月＿＿＿＿＿日

學歷：□高中（含）以下　□大專　□研究所（含）以上

職業：□製造業　□金融業　□資訊業　□軍警　□傳播業　□自由業

□服務業　□公務員　□教職　□學生　□家管　□其它＿＿＿

購書地點：□網路書店　□實體書店　□書展　□郵購　□贈閱　□其他

您從何得知本書的消息？

□網路書店　□實體書店　□網路搜尋　□電子報　□書訊　□雜誌

□傳播媒體　□親友推薦　□網站推薦　□部落格　□其他＿＿＿＿＿

您對本書的評價：（請填代號　1.非常滿意　2.滿意　3.尚可　4.再改進）

封面設計＿＿　版面編排＿＿　內容＿＿　文／譯筆＿＿　價格＿＿

讀完書後您覺得：

□很有收穫　□有收穫　□收穫不多　□沒收穫

對我們的建議：＿＿＿＿＿＿＿＿＿＿＿＿＿＿＿＿＿＿＿＿

＿＿＿＿＿＿＿＿＿＿＿＿＿＿＿＿＿＿＿＿＿＿＿＿＿＿＿

＿＿＿＿＿＿＿＿＿＿＿＿＿＿＿＿＿＿＿＿＿＿＿＿＿＿＿

＿＿＿＿＿＿＿＿＿＿＿＿＿＿＿＿＿＿＿＿＿＿＿＿＿＿＿

請貼
郵票

11466
台北市內湖區瑞光路 76 巷 65 號 1 樓
秀威資訊科技股份有限公司 收
BOD 數位出版事業部

(請沿線對折寄回，謝謝！)

姓　　名：＿＿＿＿＿＿＿＿　年齡：＿＿＿＿　性別：□女　□男

郵遞區號：□□□□□

地　　址：＿＿＿＿＿＿＿＿＿＿＿＿＿＿＿＿

聯絡電話：(日)＿＿＿＿＿＿＿＿(夜)＿＿＿＿＿＿＿＿

E-mail：＿＿＿＿＿＿＿＿＿＿＿＿＿＿＿＿

延伸閱讀

月光情批——李桂媚台語詩集

李桂媚 著 | 定價220元

只要會曉講台語，就有才調試看覓。請少年朋友共同來寫一首詩予台灣！

《月光情批》分作三卷，第一卷是寫予台灣的詩，有讀歷史看台灣的思考，嘛有對台灣這片土地的向望；第二卷是參加文學活動了後，心肝頭的一寡感想，內底有創作的心情，閣有對文學先進的感謝佮祝福。第三卷是生活的寫生，期待無論社會、文化抑是母語，攏會使愈來愈好。

我殺了一隻長頸鹿

簡玲 著 | 定價240元

簡玲這本詩集，輯一〈短歌〉用簡約的文字企圖直達中心意涵。輯二〈問津〉，是旅程裡的沉澱。輯三〈人間〉，書寫游走生活中的種種議題。輯四〈城音〉，關於城鎮與土地轉身的探問。輯五〈花外〉，以花的種種表象，做感官以外深層反思。輯六〈寓語〉，是對生命現象的觀察與試驗。

倘若生命僅此一次，而存在本身也全無意義，
至少尚有一生的時間，鍛鑄一方隱密的宇宙。
未來，或能於鍛鑄的漣漪裡，聽見時空的聲音。

—— 名家推薦 ——

以其淡定優雅的文詞輕輕托出，生命中的諸多意象，那熾熱的深情經常埋藏在詩的尾端，作為張力體現。

——游鍫良

不同風格的詩語言運用，同時分別承載了詩人不同的面向與內在，讓讀者在本書的閱讀上有了不同的口味選擇與樂趣體驗。

——謝予騰

他在最年輕的時候把詩與人的筆觸帶到東南亞，在傑原的詩集裡，更是遍布他對這個世界天地萬物的筆觸，那是傑原留給文學的第一枚印記。

——廖亮羽

ISBN 978-986-326-842-0
9 789863 268420 00240
建議分類　華文現代詩